ARARIPE JÚNIOR

SÉRIE ESSENCIAL

ACADEMIA BRASILEIRA DE LETRAS

Diretoria de 2012
Presidente: *Ana Maria Machado*
Secretário-Geral: *Geraldo Holanda Cavalcanti*
Primeiro-Secretário: *Domício Proença Filho*
Segundo-Secretário: *Marco Lucchesi*
Tesoureiro: *Evanildo Cavalcante Bechara*

COMISSÃO DE PUBLICAÇÕES

Alfredo Bosi
Antonio Carlos Secchin
Ivan Junqueira

Série Essencial | Concepção e coordenação
Antonio Carlos Secchin

Produção editorial
Monique Mendes
Revisão
Gilberto Araújo
Projeto gráfico e Editoração eletrônica
Estúdio Castellani | Imprensa Oficial do Estado de São Paulo
Caricaturas
J. Bosco

Catalogação na fonte:
Biblioteca da Academia Brasileira de Letras

C136 Cairo, Luiz Roberto, 1944 -.
Araripe Júnior : cadeira 16, ocupante 1 (fundador) / Luiz Roberto Cairo. – Rio de Janeiro : Academia Brasileira de Letras ; São Paulo : Imprensa Oficial do Estado de São Paulo, 2012.
68 p. ; 19 cm. – (Essencial ; 51)

ISBN 978-85-7440-232-1 (Academia Braslleira de Letras)
ISBN 978-85-401-0071-8 (Imprensa Oficial)

1. Araripe Júnior, 1848-1911. I. Título. II. Série.

CDD B869.92

Esta edição adota o novo *Acordo Ortográfico da Língua Portuguesa*.

Série Essencial

Araripe Júnior

Cadeira 16 / Ocupante 1 (Fundador)

Luiz Roberto Cairo

AD IMMOR TALITA TEM

Academia Brasileira de Letras

imprensaoficial
GOVERNO DO ESTADO DE SÃO PAULO

Araripe Júnior

Luiz Roberto Cairo

Um Crítico Exemplar

Tristão de Alencar Araripe Júnior nasceu em Fortaleza, província do Ceará, no dia 27 de junho de 1848, e morreu no Rio de Janeiro, em 29 de outubro de 1911. Pertencia a uma família cearense, de ascendência histórica e politicamente influente, o que o levou ainda muito cedo a conviver, segundo Afrânio Coutinho (1911-2000), leitor e organizador de sua obra crítica, com "heróis e revolucionários que batalharam pela causa da independência brasileira, fato a que deveu, por certo, a tendência nativista de sua atuação intelectual."[1]

---

[1] Coutinho, Afrânio. "Prefácio". *In*: *Obra Crítica de Araripe Júnior* (Dir. A.Coutinho). Rio de Janeiro: MEC-Fundação Casa de Rui Barbosa, 1970, Vol. V, p. IX.

Araripe Júnior era filho do Conselheiro Tristão de Alencar Araripe (1821-1908) e de Dona Argentina Franklin de Alencar Lima (1826-1904), sendo neto do Coronel Tristão Gonçalves de Alencar Araripe (1789-1824) e de Dona Ana Porcina Ferreira (1789-1874), conhecida como Ana Triste, após o trágico assassinato do marido, então presidente do novo Ceará republicano. Araripe Júnior era sobrinho-neto do Padre José Martiniano Pereira de Alencar (1794-1860), pai do escritor José de Alencar (1829-1877), que, consequentemente, era seu primo segundo.

O avô e o tio-avô eram filhos do comerciante José Gonçalves dos Santos (1732-1805) e de Dona Bárbara Pereira de Alencar (1760-1832), veneranda matriarca nordestina, de quem Araripe Júnior se orgulhava de ser bisneto, pela sua participação heroica, em 1817, no Cariri, onde se aliou aos pernambucanos, vindo, em 1823, a animá-los, "quando as províncias do Nordeste reagiram contra o arbítrio de D. Pedro I (1798-1834) (que dissolvera a Assembleia Constituinte), separando-se do Império e proclamando a Confederação do Equador."[2] No ensaio *José de Alencar* (1882), Araripe Júnior, ao esboçar a gênese do escritor, descreve em cores bastante vivas a figura de Dona Bárbara de Alencar como:

---

[2] Bosi, Alfredo. *Araripe Júnior: Teoria, Crítica e História Literária* (Sel. e apres. de A. Bosi). Rio de Janeiro: Livros Técnicos e Científicos; São Paulo: EDUSP, 1978, p. IX.

> [...] uma senhora de espírito varonil, que figurou nos calamitosos tempos em que as liberdades pátrias estiveram em perigo. Esta senhora foi a expressão mais completa do temperamento da família a que pertencia. Sanguínea e nervosa, tinha assomos irresistíveis, cogitações e delumbramentos [*sic*] além de seu sexo e da educação sertaneja que recebera. Nessa época, havia uma coisa que cessou com o decorrer dos tempos, – o ódio ao partido português que representava o elemento da opressão: e ela, graças ao seu gênio imperioso, quando surgiu a reação, foi alvo das mais sérias acusações. Conspirara contra o rei, diziam; mas a verdade era que esta senhora só fizera imitar o exemplo de Cornélia, fortalecendo o espírito de seus filhos com a presença de um ânimo inquebrantável e ensinando-lhes a não suportar ultrajes. Chamava-se Bárbara de Alencar. Foi muito respeitada por quantos a conheceram, e o autor dos *Mártires Pernambucanos* faz-lhe a justiça merecida.[3]

Convém registrar que Dona Bárbara de Alencar foi a primeira mulher a ser presa política no Brasil e a primeira republicana, ainda em 1817.

---

[3] COUTINHO, Afrânio (Dir.) *Obra Crítica de Araripe Júnior*. Rio de Janeiro: MEC-Fundação Casa de Rui Barbosa, 1958, v. I, pp. 137-138.

Do ponto de vista de Araripe Júnior, o avô e o tio-avô fizeram jus a sua valente bisavó, uma vez que:

> [...] não desmentiram as suas tendências e energias patrióticas. Um deles, Tristão Gonçalves de Alencar Araripe, foi logo devorado pela voragem que os arrojos indomáveis de sua índole abriram-lhe na malograda Confederação do Equador. José Martiniano de Alencar, porém, que herdara em maior escala a prudência e a sagacidade, recebendo com mais calma o embate da contrarrevolução, evitou a catástrofe, e por felicidade nossa, porquanto, sem isto, teríamos sido privados de um dos cérebros mais artisticamente organizados que já existiram em nossa terra.[4]

O Padre José Martiniano de Alencar, seu tio-avô, portanto, teve também participação na história. Ao deixar as vestes sacerdotais, posicionou-se, politicamente, contrário à Regência de Araújo Lima (1793-1870), e "promoveu o Clube da Maioridade que levou ao trono D. Pedro II (1825-1891), em 1840, por um golpe jurídico, aliás, de curto alcance, contra a facção conservadora."[5]

---

[4] *Idem*, *Ibidem*, p. 138.

[5] Bosi, Alfredo. *Op. Cit.*, p. IX.

Para Araripe Júnior, porém, motivo de orgulho maior era o parentesco com seu primo de segundo grau, o escritor José de Alencar, como ele mesmo explicitou:

> Nos meus devaneios pueris nunca entraram nem as ambições gloriosas da palavra, nem os delírios da política, nem as pujanças do dinheiro, nem os arrastamentos das belas-artes; parecia-me, porém, que não haveria grandeza superior à de um fazedor de livros, e principalmente de livros como o *Guarani*.[6]

Na infância, Araripe Júnior viveu em diversas cidades. Em 1854, com 6 anos de idade, morou em Bragança, no Pará; dois anos depois, a família transferiu-se para Vitória, no Espírito Santo, em função do cargo de chefe de polícia exercido por seu pai. Em 1859, aos 9 anos, mudou-se para Recife, Pernambuco, onde a família permaneceu por um bom tempo. Foi alfabetizado em casa, pela própria mãe, Dona Argentina, como era de costume na época. Mais tarde, frequentou, em Recife, o Colégio Bom Conselho, então dirigido por Barbosa Lima. Ao concluir as Humanidades, ingressou na Faculdade de Direito do Recife, formando-se em 1869, aos 21 anos. Logo em seguida, mudou-se para Santa Catarina, onde exerceu, por 2 anos, o cargo de secretário do governo.

---

[6] COUTINHO, Afrânio (Dir.) *Op. Cit.*, p.134.

Entre 1872 e 1876, retornou ao Ceará, exercendo a função de juiz municipal em Maranguape, tendo sido por dois biênios deputado provincial.

Naquela época, a juventude de Fortaleza vivia um momento intelectual de esplendor, fascinada que estava pelos ecos europeus do Nacionalismo, Positivismo e Naturalismo. Araripe Júnior participou então da Academia Francesa e posteriormente da Escola Popular. A primeira data de 1872 e foi precedida pela Fênix Estudantil (1870), que aglomerava jovens entre 15 e 20 anos, ex-alunos do Ateneu, na década de 60. Além de Araripe Júnior, participaram da agremiação Raimundo Antônio da Rocha Lima (1855-1878), Capistrano de Abreu (1853-1927), dentre outros.

Capistrano de Abreu, comtista convicto, nos *Ensaios e Estudos*, 1.ª série, descreve minuciosamente a Academia Francesa:

> Era em casa de Rocha Lima que se reuniam os membros do que chamávamos Academia Francesa. Quanta ilusão! Quanta mocidade! França Leite [Nicolau] advogava os direitos do Comtismo puro e sustentava que o *Système de Politique* era o complemento do *Cours de Philosophie*. Melo [Antônio José de] descrevia a anatomia do cérebro, com a exatidão do sábio e o estro do poeta. Pompeu Filho [Tomás] dissertava sobre a filosofia alemã e sobre a Índia, citava Laurent e combatia

Taine. Varela – o garboso, abnegado paladino – enristava lanças a favor do racionalismo. Araripe Júnior encobria com a máscara de Falstaff a alma dorida de René. Felino Barroso [pai de Gustavo Barroso] falava da Revolução Francesa com o arrebatamento de Camille Desmoulins. Lopes [João, pai dos escritores Tomás e Oscar Lopes], ora candente com um raio de sol, ora lôbrego como uma noite de Walpurgis, dava asas a seu humor colossal. Por vezes, das margens do Amazonas chegava o eco de uma voz, doce como a poesia das suas águas sem fim – a de Xilderico de Faria. O mais moço de todos, Rocha Lima, era um dos que mais se distinguiam. A sua inteligência plástica e compreensiva assimilava as diferentes teorias de maneira admirável. A sua palavra espirituosa destacava aspectos novos nas questões mais abstrusas. As objeções que apresentava, as sugestões que oferecia, limitando o campo do debate, encaminhavam muitas vezes as conclusões por todos admitidas. Além disso, o seu caráter tão lhano, como firme, sabia afagar as suscetividades, e evitar choques e divergências fatais em sociedades de tal ordem.[7]

---

[7] ABREU, Capistrano *apud* LINS, Ivan. *História do Positivismo no Brasil*. S. Paulo: Companhia Editora Nacional, 1967, p.115.

A Escola Popular por sua vez foi um prolongamento da Academia Francesa. Inaugurada em 31 de maio de 1874, manteve-se "fiel à preocupação de Augusto Comte com a formação intelectual do proletariado."[8] Nela, Araripe Júnior pronunciou uma conferência intitulada "O Papado", marcada por ideias anticlericais.

Ivan Lins (1904-1975), na *História do Positivismo no Brasil*, selecionou alguns depoimentos de Capistrano de Abreu sobre a Escola Popular:

> Aludindo à Escola Popular, escreve Capistrano: "os que tiveram ocasião de visitá-la, recordam-se da animação, da cordialidade, do estímulo, que ali reinavam, e corriam parelhas com o desinteresse dos jovens professores". E acrescenta haver sido grande a sua influência, "não só sobre as classes a que se destinava, como sobre a sociedade cearense em geral, por intermédio de conferências ali feitas, em que o ideal moderno era apregoado por pessoas altamente convencidas da sua excelência", sendo "maior a influência da Escola sobre os espíritos audazes e juvenis, que congregou, reuniu e fecundou uns pelos outros."[9]

---

[8] Lins, Ivan. *Op. Cit.*, p.116.

[9] *Idem. Op. Cit.*, pp.116-117.

Afrânio Coutinho, em "A Formação de Capistrano Crítico", chama a atenção para o fato de Fortaleza, no início da década de 70, ser "um centro, no qual, no que concerne à atividade espiritual, as condições eram de franco progresso e autonomia. Estava em moda a tertúlia intelectual."[10]

Convém lembrar, porém, que Araripe Júnior, tendo estudado na capital pernambucana, participou também da Escola de Recife, que existiu paralelamente à Academia Francesa de Fortaleza, sem que uma influenciasse a outra. Ambas foram importantes; no entanto, Recife teve historicamente uma "ressonância maior devido à Faculdade de Direito, que agia como centro de agitação e debate intelectual."[11] A Escola do Recife tinha marcas predominantemente germânicas advindas dos seus mentores intelectuais, Tobias Barreto (1839-1889) e Sílvio Romero (1851-1914), tendo como suporte o Monismo de Ernst Heinrich Philipp August Haeckel (1834-1919) e o Evolucionismo de Herbert Spencer (1820-1903), além do Positivismo ortodoxo e heterodoxo e da orientação científica nos estudos.

---

[10] COUTINHO, Afrânio. "Euclides, Capistrano e Araripe". *In*: *Conceito de Literatura Brasileira.* Petrópolis: Vozes, 1981, p.102.

[11] *Idem.* "A Crítica Naturalista e Positivista". *In*: *A Literatura no Brasil.* (Dir. A. Coutinho). Rio de Janeiro: José Olympio; Niterói: EDUFF, 1986, 3.ª ed. rev. e atual., Vol. IV, p. 26.

No final dos anos 70, Araripe Júnior mudou-se para o Rio de Janeiro, onde praticou a advocacia, atuou como jornalista e exerceu cargos administrativos. Em 1882 e 1883, juntamente com José do Patrocínio (1853-1905), fez campanha a favor da libertação dos escravos.

A partir de 1886, atuou como oficial da Secretaria do Ministério dos Negócios do Império, transferindo-se, após a Proclamação da República, para o Ministério de Justiça e dos Negócios Interiores. Em 1895, foi diretor geral da Instrução e, em 1903, no momento em que foi criada a Consultoria Geral da República, foi nomeado consultor, cargo exercido até 1911, ano de seu falecimento.

Araripe Júnior foi casado com Dona Antonia Moreira Araripe, de quem teve cinco filhos: Argentina de Alencar Araripe, Hugo Araripe, Fernando Araripe, Antonieta Araripe e Maria Ester Araripe.

Como um dos fundadores da Academia Brasileira de Letras, em 1907, ocupou a Cadeira 16, cujo patrono era Gregório de Matos (1636-1695), poeta cuja obra estudou profundamente, tendo escrito sobre ele um de seus melhores ensaios.

Cronista, ficcionista, crítico literário, Araripe Júnior começou a escrever em periódicos, em 1866, quando ainda era estudante.

Seus primeiros escritos, "O Barco e a Tempestade" e "Os Desvarios da Sorte", eram crônicas, publicadas em *Mosaico*, periódico científico, literário e noticioso, de Recife. Ao longo de sua carreira, publicou em jornais e revistas de várias tendências e, muitas vezes, utilizou pseudônimos. De acordo com Afrânio Coutinho, que organizou e editou, em cinco volumes, sua vasta *Obra Crítica*, realizando assim uma tarefa verdadeiramente hercúlea, podem-se identificar com segurança apenas alguns desses pseudônimos, no caso: Alferes Cosme Velho, Copelius, Cosme Velho, Martim Moreno, Oscar Jagoanharo, Tomé de Sousa e Ar. Jr.[12]

Seus primeiros textos carregam resquícios românticos traduzidos num forte sentimento nativista, expresso na valorização da paisagem, do homem e dos costumes brasileiros, numa incessante busca de autonomia linguística e literária, o que levou parte dos críticos brasileiros, entre eles Afrânio Coutinho, a considerá-lo um crítico nacionalista.[13]

Seu nacionalismo traduzia-se no nativismo manifesto em suas primeiras produções fortemente marcadas pelo indianismo alencariano, pela tendência sertanista advinda da geração romântica e pelo otimismo em relação ao Brasil e à América do Sul inseridos no contexto universal.

---

[12] COUTINHO, Afrânio. Introdução. *Obra Crítica de Araripe Júnior*. (Dir. A.Coutinho) Rio de Janeiro: MEC-Casa de Rui Barbosa, 1958, Vol. I, p. X.
[13] COUTINHO, Afrânio. *Op. Cit.*, 1981.

Neste sentido, convém lembrar que Tristão de Athayde, pseudônimo do crítico Alceu de Amoroso Lima (1893-1983), lucidamente, considerou o nacionalismo de Araripe Júnior um aspecto marginal de sua obra, pois constituía uma transição para o universalismo:

> Vejo três aspectos bem marcados, na crítica de Araripe Júnior: o individualismo, o nacionalismo e o universalismo. O primeiro e o terceiro como pontos fundamentais e o segundo apenas como a transição de um para o outro.[14]

Acrescentando mais adiante:

> A nação aparece na crítica de Araripe Júnior, como o laço de união entre a pessoa e o universo. E por isso encontramos uma passagem natural do personalismo ao nacionalismo e deste ao universalismo, que fazem do seu pensamento crítico, sem dúvida, o mais rico, variado, e também o mais angustiado de nossas letras de apreciação, nessa luta dramática contra a loucura que dá à sua obra de crítico um calor dramático que a crítica puramente judicativa jamais teria.[15]

---

[14] ATHAYDE, Tristão de. *Meio Século de Presença Literária*. Rio de Janeiro: José Olympio, 1969, pp. 120-1.
[15] *Idem*, *Ibidem*, p. 123.

O nativismo, ou regionalismo exótico, constitui uma influência natural do Romantismo e do Determinismo da crítica então vigente, cuja marca principalmente de Hippolyte Taine (1829-1895) é evidente em Araripe Júnior. Este nativismo é inevitável para o caminho do escritor cearense em busca do nacional-universal em literatura. O nacional funciona como passagem necessária para que o Brasil se insira no contexto universal, uma vez que:

> O movimento literário em nossa terra é tão moderado, que muita gente mal suspeita a sua existência. Ele existe, é verdade; mas como existem as coisas obscuras: sem brilho, sem apresentação, sem coragem.
>
> Apenas os observadores de profissão, regulando-se pela lei do ritmo, podem afirmar, em consciência, que no Brasil há uma literatura, e que esta literatura, bem ou mal, vai se desenvolvendo.
>
> Julgo mesmo que, tardígrados, os escritores nacionais ainda não avistam o ponto de onde encetarão o *steeple-chase* universal. É preciso que se desbaste a crosta de convicções desalentadoras que nos tolhe os movimentos. Enquanto o brasileiro viver persuadido de que não pode competir com o estrangeiro, não só no que diz respeito às produções literárias como

> às industriais, é impossível esperar um movimento enérgico, consciencioso e fecundo.[16]

Na busca de autonomia identitária, Araripe Júnior assim como Sílvio Romero e José Veríssimo (1857-1916) constituíram a geração crítica brasileira dos anos 70 do século XIX. Eles inventaram, com incipientes instrumentos teóricos, importados do pensamento europeu, teorias e interpretações diversas que tentavam explicar a tão almejada diferença capaz de alforriar a condição de cultura subalterna, imposta pelas metrópoles colonizadoras do Velho Mundo.

Na época, Araripe Júnior, acreditando no Determinismo mesológico, criou conceitos como "obnubilação brasílica", "entradas literárias" e "estilo tropical", para entender o nosso processo civilizatório, e, como não aceitava o Determinismo etnológico, polemizou com o conceito de "mestiçagem" de Sílvio Romero, que atribuía o atraso, a turbulência e a desorganização da América Latina e, portanto do Brasil, ao fato de ser "[...] povoado por índios, negros e mestiços incapazes de alcançar o nível da raça branca superior dos colonizadores."[17] Daí a defesa da "mestiçagem" como efeito embranquecedor que poderia apontar um futuro promissor para a América Latina.

---

[16] COUTINHO, Afrânio (Dir.) *Op. Cit.*, 1958, Vol I, pp. 267-8.

[17] CANDIDO, Antonio. *Recortes*. São Paulo: Companhia das Letras, 1993, p. 137.

O "estilo tropical" marcou a interpretação dos fatos literários e culturais brasileiros. Proposto por Araripe Júnior, teve sua origem na "Lei da obnubilação brasílica", fundamentada na leitura de estudos históricos sobre a Martinica, de autoria do médico Rufz de Lavison (1806-1884).

Partindo do princípio de que "Antilhas ou Rio de Janeiro são uma e a mesma coisa",[18] o crítico cearense transplantou as ideias de Lavinson para o contexto brasileiro, reformulando-as para explicar a transformação por que passaram os europeus ao atravessarem o Oceano Atlântico e a sua consequente adaptação ao meio físico e ao ambiente primitivo, encontrados na América do Sul, principalmente, em terras brasílicas.

O momento histórico em que Araripe Júnior produziu sua obra era de transição e de grandes mudanças no país, tanto no aspecto político, quanto no literário.

Politicamente, vivia-se a falência da Monarquia e se ansiava pela República, que só viria a se concretizar em 1889. Os últimos dias de monarquia, conforme relata em *Função Normal do Terror nas Sociedades Cultas,*[19] foram de violência, e, após a implantação da república, para o espanto de seus idealizadores, nenhuma reação aconteceu. O novo regime foi

---

[18] COUTINHO, Afrânio (Dir.) *Op. Cit.*. 1960, Vol. II, p. 70

[19] ARARIPE JÚNIOR, Tristão de. *Função Normal do Terror nas Sociedades Cultas*. Rio de Janeiro:Typographia Universal de Laemmert & C., 1891.

instalado facilmente e os espectadores achavam-se espantados "pelo imprevisto advento de um sonho feérico".[20]

Do ponto de vista literário, a obra de Araripe Júnior operou a transição do Romantismo para o Realismo, Naturalismo e Simbolismo, os *ismos* do Modernismo de 70, fazendo com que nela fossem detectados resquícios românticos no Realismo, insinuações realistas no Naturalismo e hesitações naturalistas nos ecos simbolistas que repercutiam levemente por aqui.

No discurso crítico de Araripe Júnior como no de sua geração, perpassam principalmente as ideias de Hippolyte Taine, H.T.Buckle (1821-1862), Spencer (1820-1903), John Ruskin (1819-1900) e Émile Hennequin (1858-1888).[21] Tratava-se, portanto, de uma geração marcada pelo Positivismo, Cientificismo, expressos nas interpretações deterministas centradas principalmente nos fatores étnico e/ou mesológico.

Os textos de Araripe Júnior, desde o início, apresentavam tanto a ideia de que a autonomia nacional seria conquistada através de "entradas literárias", num processo semelhante ao da colonização do país, ocorrido do litoral para o interior, quanto o germe do que mais tarde iria configurar-se como a "lei da obnubilação brasílica", como se pode observar numa

---

20 *Idem*, *Ibidem*, p. 3.

21 CAIRO, Luiz Roberto. *O Salto por Cima da Própria Sombra*. São Paulo: Annablume, 1996.

resenha publicada em 1868 sobre os *Contos da Roça*, de Emílio Zaluar (1826-1882):

> Todos nós sabemos que os colonos portugueses, quando se internaram pelos sertões, tiveram de lutar braço a braço com o selvagem, expelindo-o, aqui, das localidades mais adequadas ao estabelecimento de plantações, escravizando-o, ali, onde os seus trabalhos se faziam mais necessários; porém, afinal, veio a reação: cedendo ao influxo dos costumes encontrados no país, viram-se obrigados a abandonar grande parte dos seus e aceitar por sua vez alguns hábitos selvagens.
>
> Esta união dos costumes produziu, no sul, os guascas e caipiras e, no norte, a classe de indivíduos conhecida vulgarmente pelo nome de – sertanejos.
>
> Descrever aproximadamente esta gente, explorar este verdadeiro mundo novo para as descobertas dos engenhos imaginosos e das inteligências criadoras foi, por certo, a intenção do Sr. Zaluar.[22]

No mesmo ano, redige "Duas Palavras", prefácio de *Contos Brasileiros*, livro de sua autoria, no qual usa o termo "gênero brasílico" para caracterizar: "[...] alguns contos fundados nas

---

[22] COUTINHO, Afrânio (Dir.) *Op. Cit.*, 1958, Vol. I, p. 14.

tradições mais ou menos poéticas, que são encontradas nas nossas crônicas, e de um ou outro produto de pura imaginação, nos quais pretendemos guardar toda a fidelidade possível aos costumes e crenças indígenas."[23]

Além disso, em *Carta sobre a Literatura Brasílica*, folheto publicado no Rio de Janeiro em 1869, elogia a obra indianista de José de Alencar e Gonçalves Dias (1813-1864), considera louvável o fato de Santa Rita Durão (1722-1784) e Basílio da Gama (1740-1795) abandonarem os temas pastoris do Arcadismo para cantar o indígena e a paisagem brasileira, e conclama os jovens escritores da época a escreverem sobre os temas nacionais.[24]

Vale ainda registrar que, em sua obra ficcional, a defesa de uma literatura indianista, resultado da enorme admiração que nutria por José de Alencar, foi expressa em *Tabira* e *Jaguarassu e Sahy*, duas das histórias contidas em *Contos Brasileiros* (1868), e no romance *Jacina, a Marabá* (1875), enquanto que as marcas caboclas apareceram nos romances *O Ninho do Beija-Flor* (1872), *A Casinha de Sapé* (1872) – mais tarde publicado como *Luisinha* (1874), *Reino Encantado* (1878), *Um Motim na Aldeia* (1878), *O Retirante* (1878), *Quilombo*

---

[23] *Idem*, *Ibidem*, p. 21.

[24] *Idem*, *Ibidem*, p. 23-42.

dos Palmares (1882), *O Guaianás* (1882) e na novela *Xico Melindroso* (1882).

Como autor de ficção, porém, seus romances, novelas curtas e contos tiveram pouca repercussão tanto do público, quanto da crítica. Seu romance mais importante foi *O Reino Encantado*, que tinha o subtítulo de "Crônica Sebastianista" e foi considerado, pela crítica, obra indispensável para todos aqueles que quiserem investigar o misticismo do Nordeste. Vale ressaltar que este romance serviu de fonte para os romances *Pedra Bonita* (1938), de José Lins do Rego (1901-1957) e *Romance d'A Pedra do Reino e o Príncipe do Sangue do Vai-e-Volta* (1971), de Ariano Suassuna (1927-).

Conforme se pode observar, no período de 1866 a 1882, Araripe Júnior oscilou entre a ficção e a crítica, embora o ficcionista fosse sempre visto como um autor de segunda linha, o que levou Brito Broca (1903-1961) a afirmar que:

> Não podendo ser um continuador de Alencar, Araripe resolvera tornar-se o seu crítico. Mais tarde, já no fim da carreira literária, sentindo, talvez, a nostalgia do gênero que cultivara na mocidade, volta ele

> ao romance, escrevendo *Miss Kate*, publicado sob o pseudônimo de Cosme Velho, e já numa direção bem diferente da nacionalista.[25]

Coincidência ou não, o livro *José de Alencar*,[26] de Araripe Júnior, é de 1882 e, após este ano, tornam-se escassas suas produções ficcionais, enquanto aumenta, significativamente, sua produção crítica.

Neste mesmo ano, publica, na *Gazeta de Notícias*, do Rio de Janeiro, "O Dr. Sílvio Romero e o seu Novo Livro",[27] onde contesta a tese de exclusão dos cronistas coloniais da história da literatura brasileira, proposta por Sílvio Romero, sob o pretexto de que eram "[...] de uma importância enorme para conhecer o estado estético do Brasil no primeiro e segundo séculos".[28]

Referindo-se às "entradas literárias", define-se como "paladino do meio físico" em relação à realidade brasileira, esclarecendo que a predominância do meio físico entre nós ocorre pela variedade de raças que para o Brasil convergiram,

---

[25] BROCA, Brito. *Naturalistas, Parnasianos e Decadistas: Vida Literária do Realismo ao Pré-Modernismo*. (Coord. Alexandre Eulálio e Org. Luiz Dantas) Campinas: UNICAMP, 1991, p. 205.

[26] COUTINHO, Afrânio (Dir.) *Op. Cit.*, 1958, Vol. I, pp.129-258.

[27] *Idem, Ibidem*, pp. 291-301.

[28] *Idem, Ibidem*, p. 296.

concentrando-se em pontos dispersos. Assim sendo, o elemento raça não deveria ser considerado fator predominante, como Sílvio Romero propusera. O estrangeiro que se estabeleceu no Amazonas adquiriu um caráter diferente do que aportou na Bahia e do que aportou em São Vicente.

Em 1886, Araripe Júnior publica no periódico *A Vida Moderna*, do Rio de Janeiro, o artigo "Ponto de Vista para o Estudo da Literatura Brasileira"[29] e, ao tratar do método mais adequado ao estudo da história desta literatura, esboça a "lei da obnubilação brasílica", que mais tarde será desenvolvida e aplicada ao estudo das obras de Aluísio Azevedo (1857-1913), de Gregório de Matos (1623-1696) e de outros autores, vindo a constituir uma das marcas relevantes de seu discurso crítico:

> A esse fenômeno durante o qual, como se vê, adelgaçaram-se, atenuaram-se todas as camadas de hábitos que subordinavam o homem à civilização, abriu-se uma fenda na estratificação da natureza civilizada, para dar passagem à poderosa influência do ambiente primitivo; a esse fenômeno, que se acentua a cada passo no movimento da vida colonial ou aventureira do século

---

[29] *Idem*, *Ibidem*, pp. 488-497.

> XVI, poder-se-ia dar o nome de *obnubilação brasílica*, e, sem dúvida, sobre ele basear-se toda a teórica histórica daquela época indecisa.[30]

"Obnubilação brasílica" seria a transformação sofrida pelos colonos europeus, nos seus usos e costumes, ao entrar em contato com a "rudez" da natureza tropical brasileira. Diz ele:

> Portugueses, franceses, espanhóis apenas saltavam no Brasil e internavam-se, perdendo de vista as suas pinaças e caravelas, esqueciam as origens respectivas. Dominados pela rudez do meio, entontecidos pela natureza tropical, abraçados com a terra, todos eles se transformavam quase em selvagens; e se um núcleo forte de colonos, renovado para contínuas viagens, não os sustinha na luta, raro era que não acabassem pintando o corpo de jenipapo e urucu e adotando ideias, costumes e até as brutalidades dos indígenas.[31]

Conforme se depreende do ensaio "*A Terra*, de Emílio Zola, e *O Homem*, de Aluísio Azevedo",[32] publicado em

---

[30] *Idem*, *Ibidem*, p. 497.

[31] *Idem*, *Ibidem*, 1960, Vol. II, p. 407.

[32] *Idem*, *Ibidem*, pp. 25-90.

1888, no periódico *Novidades*, do Rio de Janeiro, a "lei da obnubilação brasílica" se aplica não apenas ao *modus vivendi* dos europeus que fizeram a travessia do Atlântico para a América, mas também ao nível das ideias, que, ao serem transplantadas, adaptaram-se ao meio ambiente, adquirindo uma certa originalidade, que irá traduzir-se no que ele veio a chamar de "estilo tropical", marca da brasilidade, da americanidade, que distingue as obras literárias produzidas no Brasil, na América, daquelas produzidas na Europa.

A "incorreção do estilo", falha reiteradamente apontada nos textos dos brasileiros pelos europeus, particularmente pelos portugueses, quando "ligada à contextura do espírito da terra" deixa de ser defeito e passa a ser qualidade, uma vez que constitui a marca da diferença, o sinal que define o "estilo tropical", característico dos textos produzidos no Brasil, e os distingue do estilo dos textos europeus. Diz Araripe Júnior:

> O tropical não pode ser correto. A correção é o fruto da paciência e dos países frios; nos países quentes, a atenção é intermitente. [...] O estilo, nesta terra, é como o sumo da pinha, que, quando viça, lasca, deforma-se, e, pelas fendas irregulares, poreja o mel dulcíssimo, que as aves vêm beijar; ou como o ácido do ananás do Amazonas, que desespera de sabor deixando a língua a

> verter sangue, picada e dolorida. É esse estilo desprezado pelos rigoristas que justamente me apraz encontrar na mocidade que agora surge no Brasil [...][33]

Partindo do pressuposto de que os europeus, quando aqui chegavam, perdiam a sua identidade, adquirindo uma outra, por força do fenômeno da "obnubilação", os textos por eles produzidos no Brasil já apresentavam, consequentemente, marcas de um novo estilo, o "estilo tropical", característica definidora do "gênero brasílico". Seriam, portanto, textos de literatura brasileira.

Desta forma, entende-se por que Araripe Júnior considerava importante a inclusão dos textos dos cronistas da época colonial na história da literatura brasileira. Assim vistos, constituíam, sem sombra de dúvida, textos de autores brasileiros, conforme expressa no perfil literário de *Gregório de Matos*,[34] publicado como folhetim, em fevereiro e março de 1893, e editado em livro em 1894:

> [...] a chave para a compreensão da originalidade da literatura brasileira, pelo menos nos dois primeiros séculos estava na análise do fenômeno aqui operado e a que

[33] *Idem*, *Ibidem*, pp.70-1.

[34] *Idem*, *Ibidem*, pp. 383-490.

> conferi o nome de obnubilação. [...] Os exemplos históricos surgem em penca: Hans Staden, Soares Moreno, Pai Pina (Amanayara), Anhanguera, e os trugimões ou línguas que deram tanto que fazer a Villegaignon.[35]

Convém registrar também que, como Sílvio Romero e José Veríssimo, Araripe Júnior tinha um projeto, infelizmente não concretizado, de uma história da literatura brasileira, cujo eixo seria justamente a "lei da obnubilação brasílica", o que se pode constatar nas notas e aditamentos ao livro *Gregório de Matos*:

> No intuito de desenvolvê-la planejei uma série de perfis de que o de José de Alencar foi o primeiro, e o de Dirceu o segundo e a que se seguirão os de Anchieta, Bento Teixeira Pinto, Frei Vicente do Salvador, Gandavo, Cardim, Gabriel Soares, Padre Antonio Vieira, Ravasco, Rocha Pita, Eusébio de Matos, Durão, Basílio da Gama, os Inconfidentes, Magalhães, Gonçalves Dias, Porto Alegre e de outros vultos complementares da nossa literatura.[36]

---

[35] *Idem*, *Ibidem*, p. 407.

[36] *Idem*, *Ibidem*, p. 478.

Como vultos complementares deste curioso paradigma, registro aqui os autores que efetivamente foram contemplados em suas leituras críticas: Gregório de Matos, Aluísio Azevedo, Inglês de Sousa (1853-1918), Raul Pompeia (1863-1895), Cruz e Sousa (1861-1898), Euclides da Cunha (1866-1909) e Machado de Assis (1839-1908).

Sob a ótica da "obnubilação brasílica", chama a atenção sua leitura de José de Anchieta (1534-1597), em que observa a diluição do misticismo do jesuíta "em um curioso naturalismo" e a transformação da teologia em fetichismo:

> O mesmo jesuíta Anchieta não escapou a esta influência; a sua vida entre os selvagens e o seu prestígio contra os sacerdotes índios atestam que este padre, se não por imposição do meio ao menos por arte refinada, se fez um legítimo pajé. A missão do taumaturgo brasileiro, como o chamavam, nas florestas do Sul, não se pode explicar senão pelas feitiçarias, aceitas ou habilmente copiadas, dos piagas, e com que ele catequizou os seus caboclos.[37]

---

[37] *Idem*, *Ibidem*, pp. 407-408.

Ainda sob este mesmo ponto de vista, ressalta-se também a leitura da transplantação do modelo naturalista europeu para a literatura brasileira:

> Zola, neste clima, diante desta natureza, teria de quebrar muitos dos seus aparelhos para adaptar-se ao sentimento do real, aqui. O fato é intuitivo, e eu direi por quê. A concepção do mestre, os seus métodos de expectação, os seus processos experimentalistas, tiveram em vista uma sociedade decadente, de natural tristonha, que decresce, míngua dentro das próprias riquezas, perante sua antiguidade, cansada, exausta, senão condenada a perecer. No Brasil, o espetáculo seria muito outro, – o de uma sociedade que nasce, que cresce, que se aparelha, como a criança, para a luta. Ora, nada mais natural do que uma inversão nos instrumentos. Um cadáver não se observa do mesmo modo que um ser que ofega de vigor.[38]

Ora, aí está a diferença que constitui a afirmação da originalidade e, portanto, a marca da alteridade que, no Brasil, os escritores produziam. No fundo, aí está o germe da antropofagia

---

[38] *Idem, Ibidem*, p. 71.

oswaldiana, pois se percebe em Araripe Júnior a consciência de que o escritor brasileiro para afirmar a sua identidade precisava ir além da devoração da cópia do modelo estrangeiro. Era preciso ruminá-lo e regurgitá-lo, recriando-o e até mesmo superando-o, como propôs na leitura do Naturalismo brasileiro:

> A fórmula que melhor nos cabe para exprimir a nova fase literária não pode ser senão esta – O Naturalismo brasileiro é a luta entre o cientificismo desalentado do europeu e o lirismo nativo do americano pujante de vida, de amor, de sensualidade.
> É da limitação apenas das tendências dessa mestiçagem, reconhecida por todos que têm estudado o problema do nosso nacionalismo; é dessa, e não de outra limitação, que tiraremos toda a nossa força, toda a nossa segurança, e riquezas literárias.
> Um Realismo quente, em oposição a um Realismo decadente frio; a realidade do lirismo ou o lirismo da realidade, como mais apropriado entendam.[39]

Conceitos como "entradas literárias", "gênero brasílico", "obnubilação brasílica" e "estilo tropical", presentes

---

[39] *Idem*, *Ibidem*, p. 72.

nos textos críticos de Araripe Júnior, fazem parte da nossa tradição teórica, ainda que incipiente, pois justamente é no diálogo dela com as expectativas teóricas da contemporaneidade que conseguiremos, provavelmente, avançar nas discussões de questões referentes à identidade, dependência, diversidade, fronteira, mestiçagem e multiculturalidade, no âmbito dos estudos comparados da literatura e cultura latino-americanas.

No exercício da atividade crítica, Araripe Júnior foi um dos críticos mais significativos do século XIX, formando com seus contemporâneos Sílvio Romero e José Veríssimo a famosa trindade crítica do Realismo brasileiro.

No ensaio "Raul Pompeia. *O Ateneu* e Romance Psicológico", publicado no periódico *Novidades*, do Rio de Janeiro, sob forma de folhetim, no período de janeiro de 1888 a fevereiro de 1889, observa-se em seu discurso uma afinidade com as ideias de Émile Hennequin, expostas em *La Critique Scientifique* (1888), especialmente no que se refere ao conceito de obra de arte como máquina de provocar emoções. O contato com a pequena obra de Hennequin estimula-o a prosseguir em sua fidelidade a Taine, uma vez que toma consciência de que muitas reformulações propostas pelo ex-discípulo do grande crítico francês do século XIX já haviam sido feitas por ele no ensaio *José de Alencar* (1882). Além destas marcas, constata-se também a presença de Charles Augustin Sainte-Beuve (1804-1869), Henry Thomas Buckle (1821-1862), Émile Zola (1840-1902), Gustave Flaubert (1821-1880), Edgar Alan Poe (1809-1849) e John Ruskin (1819-1900).

O discurso crítico de Araripe Júnior difere formalmente do que hoje se entende por crítica literária. Não se tratava de uma crítica que levasse em conta os fatores internos e externos da obra literária, mas de uma crítica marcada principalmente por aspectos informativos e pelo estilo da crônica. O aspecto informativo tinha muito de biográfico, pois a biografia do autor da obra em estudo era essencial para uma análise que privilegiava a tríade de Taine: raça, meio e momento. O biográfico dava ao crítico segurança para o enfrentamento com a obra. No aspecto informativo, constatava-se ainda o resumo da trama da obra. Já o estilo da crônica aparecia naturalmente no discurso crítico de Araripe Júnior e dos demais críticos de sua época e se explica pela cumplicidade da literatura com a oralidade. Na crônica cabe a palavra fácil, que comove. Através do estilo da crônica, era possível transmitir ao leitor questões sérias e densas numa linguagem sedutora, e este foi um dos objetivos do crítico e do escritor brasileiro que se dirigia então a um público leitor ainda em formação. Hoje, parece estranho um discurso crítico que privilegiou, sobretudo, os aspectos informativos e o estilo da crônica, em detrimento da análise da obra. A preocupação com a literariedade, com a obra em si mesma, é uma preocupação do século XX. Na crítica do século XIX, o que importava era o conhecimento da personalidade do autor da obra que a produziu e a consumiu e/ou da sociedade em que foi produzida e, consequentemente, foi consumida.

Como seus contemporâneos, Araripe Júnior refletiu sobre a história da literatura brasileira, com a intenção de escrever a sua, mas, infelizmente, não conseguiu concretizá-la. Índices do seu projeto de história da literatura brasileira se encontram em notas de rodapé do ensaio "Gregório de Matos" (1893) e num pequeno texto intitulado "Ponto de Vista para o Estudo da Literatura Brasileira" (1886). Mesmo sendo um crítico realista, Araripe Júnior foi um leitor curioso do Simbolismo, tendo sido talvez um dos primeiros críticos brasileiros a escrever, sem muita censura, sobre a estética simbolista, deixando no leitor de hoje a impressão de que vivia em constante flerte com o sonho simbolista, sem, no entanto, deixar encantar-se demais por ele, pois a nova tendência abalava as verdades científicas que constituíam a base de seu método crítico.

Nos tempos da globalização, ainda mais lúcidas me parecem as ideias presentes nos textos críticos de Araripe Júnior, que, então, sonhava com o americanismo e, a partir do final da década de 80 do século XIX, ao analisar a literatura nacional, operava um tipo de leitura que não só estabelecia confrontos com a literatura universal, mas também já refletia a questão da diferença. Assim, para Araripe Júnior, pensar a diferença na literatura nacional foi poder tocar na fronteira da alteridade, inserindo a literatura brasileira efetivamente no contexto universal. O escritor que iniciou sua carreira produzindo ficção e crítica literária como um leitor "sob o signo de Alencar", falando de literatura indianista e sertaneja, transformou-se no "leitor sem fronteiras",[40] que, nos seus últimos anos, publicou *Ibsen* (1909),[41] longo ensaio sobre a tragédia do homem contemporâneo e que, ao retornar à atividade ficcional, interrompida por volta de 1882, escreveu *Miss Kate* (1909), romance cuja ação se passa no Rio de Janeiro, sem qualquer comprometimento com a questão do nacional, e *O Cajueiro do Fagundes* (1911), a novela mais bem acabada de suas obras de ficção, onde as marcas do regionalismo caboclo retornam e se mesclam com os traços

---

[40] Bosi, Alfredo. *Op. Cit.*, 1978.

[41] Coutinho, Afrânio (Dir.). *Op. Cit.* Vol. 5. 1970, pp. 31-183.

universais do pícaro. Quem sabe a síntese sonhada por toda uma vida!

Referências Bibliográficas:

Araripe Júnior, Tristão de. *Função Normal do Terror nas Sociedades Cultas*. Rio de Janeiro: Typographia Universal de Laemmert & C., 1891.

Athayde, Tristão de. *Meio Século de Presença Literária*. Rio de Janeiro: José Olympio, 1969.

Bosi, Alfredo (Sel. e apres.) *Araripe Júnior: Teoria, Crítica e História Literária*. Rio de Janeiro: Livros Técnicos e Científicos; São Paulo: EDUSP, 1978.

Broca, Brito. *Naturalistas, Parnasianos e Decadistas: Vida Literária do Realismo ao Pré-Modernismo* (Coord. Alexandre Eulálio e Org. Luiz Dantas) Campinas: UNICAMP, 1991.

Cairo, Luiz Roberto. *O Salto por Cima da Própria Sombra*. São Paulo: Annablume, 1996.

Candido, Antonio. *Recortes*. São Paulo: Companhia das Letras, 1993.

Coutinho, Afrânio (Dir.) *A Literatura no Brasil*. Vol. IV. Rio de Janeiro: José Olympio; Niterói: EDUFF, 1986, 3.ª ed. rev. e atual.

_____. *Conceito de Literatura Brasileira*. Petrópolis: Vozes, 1981.

_____ (Dir.). *Obra Crítica de Araripe Júnior*. Vol. I. Rio de Janeiro: MEC-Casa de Rui Barbosa, 1958.

_____ (Dir.). *Obra Crítica de Araripe Júnior*. Vol. II. Rio de Janeiro: MEC-Casa de Rui Barbosa, 1960.

_____ (Dir.). *Obra Crítica de Araripe Júnior*. Vol. III. Rio de Janeiro: MEC-Casa de Rui Barbosa, 1963.

_____ (Dir.). *Obra Crítica de Araripe Júnior*. Vol. V. Rio de Janeiro: MEC-Fundação Casa de Rui Barbosa, 1970.

Lins, Ivan. *História do Positivismo no Brasil*. S. Paulo: Companhia Editora Nacional, 1967.

ANTOLOGIA

Estilo Tropical. A Fórmula do Naturalismo Brasileiro*

Novidades,✤ 22-3-1888

Incorreção do estilo brasileiro ligada à contextura do espírito da *terra*! A asserção parece, à primeira vista, um dislate da ordem dos que a crítica tem vulgarizado por aí. Contudo, eu penso que o fato é perfeitamente verdadeiro, e que a incorreção, nestas condições, converte-se numa eminente qualidade.

Em um estudo inédito que tenho, sobre a literatura brasileira, atribuo ao fenômeno da obnubilação do colono todas as particularidades que distinguem a vida brasileira de qualquer outra, no século XVI. Esse fator, poderosíssimo então, mas que se atenuou gradualmente, até dar lugar ao período consciente da Inconfidência, em que a literatura, no Brasil, chegou a ser superior à da metrópole; esse fator não se eliminou de todo, como sucede com tudo que gravita em torno do homem; e hoje como ontem, a reação do meio físico, a influência catalítica da terra, as depressões e modificações do clima tropical, a

---

* Araripe Júnior, Tristão de Alencar. "*A Terra*, de Emílio Zola, e *O Homem*, de Aluísio Azevedo. Parte VII". *In*: Coutinho, Afrânio (Dir.) *Op. Cit.*, 1960, v. II, 1960, pp. 68-73.

✤ Este texto foi, originalmente, publicado no jornal *Novidades*, do Rio de Janeiro em 22 de março de 1888. [N. do O.]

solidadariedade imposta pelas condições da vida crioula com a flora, com a fauna, com a metereologia da nova região, são outras tantas influências que estão a invadir sorrateiramente estrangeiros e brasileiros, sem que estes disso se apercebam, certos, como estão, do triunfo das suas qualidades étnicas e da propulsão civilizadora de origem.

É verdade que, na atualidade, não se encontram portugueses internados no Brasil, nem normandos completamente esquecidos da civilização, quase brutificados, em consequência da ação direta exercida pela *terra* em organizações pouco seguras, desprendidas do amparo intelectual e moral da madre Europa. A assunção do espírito para regiões inexploradas não consegue mais gerar o maravilhoso, que caracterizava [as] viagens atlânticas do século aludido; não há mais, na Baía de Guanabara, Villegagnons alucinados; nem Orellanas a percorrer doidamente os desertos americanos, do pampa ao Amazonas; nem Anhangueras a perfurarem o sertão; nem turgimões tão ferozes como caetés a devorarem brancos para se mostrarem mais bárbaros do que a própria barbaria; não há, enfim, o homem diluído pela longitude da pátria, a retirar-se aos tipos inferiores de sua raça em um naufrágio psíquico dissolvente e horroroso.

Em compensação, porém, como fato correspondente, temos Ramalho Ortigão, de volta para a Europa, achando Lisboa estúpida, e os poetas da nova geração brasileira, os novos romancistas que surgem, rebolcando-se no azul e na luz tropical, em um estilo doido de cores, de tintas gritadoras, ungindo-se, na sua proverbial indolência, nuns tons orgiásticos de imaginação inominada.

Tudo isto tem explicação. Diz Rufz de Lavison, em seus estudos históricos sobre a Martinica, que

> O primeiro efeito do clima das Antilhas sobre o recém-chegado é uma espécie de excitação geral, que produz um sentimento de força e de atividade extraordinário; todas as distâncias parecem-lhe pequenas, não há fadiga que não seja afrontada afoitamente; os do país, contudo, riem-se à socapa de tanta efervescência, certos, como estão, da sua duração efêmera; com efeito, passados dias, esse ardor se tem extinguido, o corpo torna-se pesado, as funções enlanguescem; a cabeça cai e os exercícios intelectuais fazem-se difíceis. Dir-se ia que, à medida que o sol se ergue sobre o horizonte, também se levanta um vapor e uma embriaguez pesada, que perturba o pensamento; surge a necessidade do repouso, vem o horror ao movimento; o estrangeiro deixa de sorrir e, como o nacional, não tem atividade senão por sobressaltos, agitadamente, acompanhada de transpiração, de uma sede inextinguível.

Antilhas ou Rio de Janeiro são uma e a mesma coisa; e o Dr. G. Treille, comentando este texto curioso, no seu livro

Aclimatação dos Europeus nos Países Quentes, declara que a frase de Rufz vai além de uma alegoria de letrado, que esse autor não faz senão dar forma literária a um fato evidentemente palpável.

Não são só os aspectos feéricos da natureza intertropical que embebedam o homem. Os vapores de água atmosférica têm um corpo nas regiões pré-citadas, "e, como um satélite do Sol, o seguem em sua marcha, com uma fidelidade rigorosa". Há horas do dia em que o brasileiro, ou o habitante de cidades como o Rio de Janeiro, é um homem envenenado pelo ambiente. A falta de tensão do oxigênio tortura-o desmesuradamente; a sua respiração ofega e a imaginação delira numa deliciosa insensatez equatorial.

E nestas horas é justamente que o comércio se agita, que, na bolsa, as transações se fecham, que as repartições trabalham, que, nos escritórios de advogados, nos tribunais, convolve-se a chicana, que na Rua do Ouvidor se intriga, se namora, que nas redações dos jornais se escreve, se faz política, se literatiza. Agora, responda-se francamente: nessa constante *surmenage*, quando os corpos, atrelados a uma imaginação superexcitada, a todo o instante gravitam para o leito, há estilo que resista, há correção que se mantenha?

O tropical não pode ser correto. A correção é o fruto da paciência e dos países frios; nos países quentes, a atenção é intermitente. Aqui, aonde os frutos amadurecem em horas, a mulher rebenta em prantos histéricos aos 10 anos, aonde a vegetação cresce e salta à vista, aonde a vida é uma orgia de viço, aonde tudo é extremoso, e extremados os fenômenos; aqui, aonde o homem sensualiza-se até com o contato do ar e o genesismo terrestre assume proporções enormes, vibrando eletricidade, que em certas ocasiões parece envolver toda a região circundante em um amplexo único, fulminante, – compreende-se que fora de todas as coisas a mais irrisória é pôr peias à expressão nativa e regular o ritmo da palavra pelo diapasão estreito da retórica civilizada, mas muito menos expansiva.

O estilo, nesta terra, é como o sumo da pinha, que, quando viça, lasca, deforma-se, e, pelas fendas irregulares, poreja o mel dulcíssimo, que as aves vêm beijar; ou como o ácido do ananás do Amazonas, que desespera de sabor, deixando a língua a verter sangue, picada e dolorida. É esse estilo desprezado pelos rigoristas que justamente me apraz encontrar na mocidade que agora surge no Brasil; e se há um escritor capaz de incorporá-lo a uma literatura nascente como a nossa, imprimindo-lhe direção salutar, isocrônica e frutificante, esse escritor é o autor d'*O Mulato*, em cujas páginas já encontram-se audácias dignas dos melhores, e que, nos capítulos inéditos d'*O Cortiço*, vai derramando todo o luxuriante tropicalismo de América do Sul.

Emigrando para o Brasil, o Naturalismo não podia deixar de passar por uma modificação profunda.

Zola, neste clima, diante desta natureza, teria de quebrar muitos dos seus aparelhos para adaptar-se ao sentimento do real, aqui. O fato é intuitivo, e eu direi por quê. A concepção do mestre, os seus métodos de expectação, os seus processos experimentalistas tiveram em vista uma sociedade decadente, de natural tristonha, que decresce, míngua dentro das próprias riquezas, perante sua antiguidade, cansada, exausta, senão condenada a perecer. No Brasil, o espetáculo seria muito outro, – o de uma sociedade que nasce, que cresce, que se aparelha, como a criança, para a luta. Ora, nada mais natural do que uma inversão nos instrumentos. Um cadáver não se observa do mesmo modo que um ser que ofega de vigor.

Aluísio Azevedo, constituindo-se o corifeu do Naturalismo em sua terra, não cometeu o erro de copiá-lo servilmente; ele compenetrou-se, primeiro, do espírito da revolução operada pelo mestre; mas, organicamente diferente de Zola, impelido pela força de sua índole, talvez mais do que ele pensa, enveredou pela trilha única que o há de levar ao acampamento triunfante.

Quanto não se ilude a gentil escritora Maria Amália Vaz de Carvalho pensando que o romancista brasileiro vai, caminho dos tristes, vítima do impaludismo do Rio de Janeiro e da anemia intertropical, cultivar o pessimismo que bafeja os elementos gastos do velho continente! Engana-se redondamente.

Nesta terra, a languidez dos anêmicos produz o lirismo de Casimiro de Abreu; mas também os sanguíneos, que se refazem na higiene e escapam ao torpor, quando nada, ou são loucos furiosos, ou vivem em uma perene embriaguez de luz, de azul, de crepúsculos rubros, de felicidade tropical, que é, na frase engenhosa de meu amigo Capistrano de Abreu, a dos lagartos verdes, dos camaleões, nos dias claros, de sol límpido, subsequentes às grandes trovoadas.

O Naturalismo, ou se subordina a esse estado de coisas, ou se torna uma planta exótica, – de mera curiosidade. A nova escola, portanto, tem de entrar pelo Trópico de Capricórnio, participando de todas as alucinações que existem no fermento do sangue doméstico, de todo o sensualismo que queima os nervos do crioulo. O Realismo, aclimando-se aqui, como se aclimou o europeu, tem de pagar o seu tributo às endemias dos países quentes, aonde, quando o veneno atmosférico não se resolve na febre amarela, no cólera, transforma-se em excitações medonhas, de um dantesco luminoso.

A fórmula que melhor nos cabe para exprimir a nova fase literária não pode ser senão esta: – *O Naturalismo brasileiro é a luta entre o cientificismo desalentado do europeu e o lirismo nativo do americano pujante de vida, de amor, de sensualidade.*

É da limitação apenas das tendências dessa mestiçagem, reconhecida por todos que têm estudado o problema do nosso nacionalismo; é dessa, e não de outra limitação, que tiraremos toda a nossa força, toda a nossa segurança, e riquezas literárias.

Um Realismo quente, em oposição a um Realismo decadente, frio; a realidade do lirismo ou o lirismo da realidade, como mais apropriado entendam. Não há fórmula que mais convenha ao nosso crescimento atual, principalmente, agora, que, pela força imigrantista, o Brasil começa a sentir o movimento de deslocação, como um grande paquiderme que esteve longamente em repouso. Tudo estremece, o anseio de andar circula com estrépito.

Aí vêm, em massa, os italianos. Essa gente, que tem no sangue todas as artes e nos nervos a violência de Maquiavel, – essa gente, palpitante e frenética, chega a tempo para nos ensinar a observar *con amore* as nossas próprias coisas, a nos imbuirmos delas, aparelhando as *máquinas sensacionais* com que serão projetadas sobre o mundo as ideias e os sentimentos de uma região inexplorada. Aí já estão os filhos da nova raça, e, dos novos cruzamentos felizes, os Bernardellis e outros, a cujo influxo de amor pela terra, pela vida brasileira, já devemos um princípio de coisas grandiosas.

Se é verdade o que diz Leon Metchnikoff, que os tempos modernos se caracterizam pela notável preponderância dos Estados oceânicos; se também é verdade, como pondera o mesmo autor, que a *época atlântica* findou com "a febre de ouro da Califórnia", com os triunfos dos ingleses na Austrália, dos russos no Rio Amur, com a abertura da China e a civilização do Japão; não é menos exato que, iniciando-se o que ele denomina *época universal*, para o Brasil começou, incontestavelmente, o processo da integração, – processo este que se denuncia agora, diariamente, pelo pensamento de autonomia que ferve em todas as cabeças.

Há quem julgue que o concurso imigrantista é um elemento deliquescente para o brasileiro.

O maior engano deste mundo. Não sabem, os que isto dizem, o que é o *entrain*.

Dez milhões de brasileiros que acordem e proclamem a sua libertação psíquica, a exemplo da atividade inteligente dos que chegam, não são uma gota de água ou uma lágrima aposta no Oceano.

Contistas e Fantasistas. – Teoria do Conto. – *Chiquinha Mascote*, de Viveiros de Castro. – *Rose Castle*, de Virgílio Várzea. – *Contos Amazônicos*, de Inglês de Sousa*✤

A produção literária no departamento da arte a que se refere este capítulo foi o ano passado relativamente abundante;

---

* ARARIPE JÚNIOR, Tristão de Alencar. *Movimento Literário do Ano de 1893*. *In*: COUTINHO, Afrânio (Dir.) *Op. Cit.* Rio de Janeiro: MEC-Casa de Rui Barbosa, 1963, vol. III, pp. 157-165.

✤ (Sob o título "Retrospecto Literário do Ano de 1893", este texto foi publicado inicialmente, no formato folhetim, no periódico *A Semana*, do Rio de Janeiro, Ano V e VI, Tomos V e VI, entre 3 de março de 1894 e 16 de fevereiro de 1895. No formato livro, intitulou-se *Literatura Brasileira, Movimento de 1893. O Crepúsculo dos Povos*, tendo sido publicado no Rio de Janeiro, pela Tipografia da Empresa Democrática Editora, em 1896. Reproduzimos aqui um fragmento da Parte V do longo ensaio.) [N. do O.]

pelo menos os jornais e as revistas andaram muito pejadas de pequenas narrativas variando desde o grotesco até ao épico.

Todo mundo hoje escreve contos. É a forma preferida na França, na Inglaterra, na Rússia, em toda a parte. Não há ideia, não há delírio que se não tenha julgado transformável em conto. Antigamente o chique era o folhetim-dissertação; essa mania felizmente passou. Na atualidade a crônica impressionista repimpa-se nos rodapés de todos os jornais; mas como o grito d'armas pertence ao conto, raro é o cronista que não converta a sua crônica numa historieta, ou que não a termine por um caso abacial. O gênio de Armand Silvestre e de Catulo Mendes, as *joyeusestés gauloises*, de um lado, e as desfibrações psicológicas, de outro, incompatíveis com as grandes extensões literárias, talvez sejam a causa principal dessa preferência, pois não creio que no espírito disserto da raça atual tenham calado as ideias de E. Poe sobre a arte, quando afirma que não pode haver obra perfeita, nem unidade de composição, senão num soneto, numa estátua, num quadro, num poema enfim, que se torne perceptível num só momento do espírito e de uma só visada. Todavia, parece-me que a maior parte dessas composições tem apenas do conto o nome, porque raros são os autores que possuem as excepcionais qualidades tornadas clássicas por Luciano, na antiguidade grega, por Bocácio, na Itália, por La Fontaine, Voltaire, na França, por Andersen, na Dinamarca, por Hoffmann, na Alemanha.

O conto não é um gênero arbitrário; nem é, como muita gente pretende, um extrato, um esboço, um romance resumido. Este gênero nasce de disposições particulares do espírito de quem o produz e tem uma forma imposta pela natureza da própria concepção. Na prosa constitui uma das formas primitivas; o que não quer dizer que o conto tenha perdido os foros de cidade, e deixasse de sofrer, como todos os gêneros literários, as transformações determinadas pelo meio e pelo incremento-paralelo de todas as artes. É certo que não falo aqui de certas lendas ou histórias, que flutuam na imaginação dos povos e que chegaram até a nós por transmissão de raça a raça ou se hão reproduzido por força da analogia de aspectos sociais ou fisiológicos. Essas lendas, como, por exemplo, a de José do Egito, na Judeia, e de Saranga, na Índia, a da Cendrillon, na Idade Média, a de Psique, na Roma antiga, a do Krichna Singh e do Pequeno Polegar, e outras, que têm sido objeto do estudo dos folcloristas, são o próprio fundo psíquico inconsciente da humanidade, traduzido, de um feitio simbólico, nos segredos, ora da castidade, ora da inveja, ora da bênção paterna etc., etc. Não me refiro por certo aos contos ou ilustrações eruditas destas lendas, que aliás enobreceram o talento de poetas com Pilpau e Goethe; mas aos do ciclo milesiano, e que nos tempos modernos, na complexidade da vida dos grandes centros literários, têm procurado corresponder aos instintos malignos da nossa raça, a essa psicologia consciente da sátira que é o apanágio das raças muito ilustradas. Este gênero, pois, acha-se ligado a formas predeterminadas; e basta compará-lo com o romance para reconhecer-se quanto se enganam aqueles que chamam a Guy de Maupassant um contista.

O conto é sintético e monocrônico; o romance, analítico e sincrônico. O conto desenvolve-se no espírito como um fato pretérito, consumado; o romance, como a atualidade dramática e representativa. No primeiro os fatos filiam-se e percorrem uma direção linear; no segundo apresentam-se no tempo e no espaço, reagem uns sobre outros, constituindo trama mais ou menos complicada. A forma do conto é a narrativa; a do romance, a figurativa. Desta maneira quem examinar atentamente os livros de contos, que circulam pelas livrarias, verá que, na maior parte, eles não passam de começos de romances abortados, de aspectos físicos ou morais deslocados de livros por fazer marinhas ou paisagens, perfis, páginas dispersas, que estão muito longe de realizar o tipo completo dessa espécie de literatura. Neste caso acham-se quase todos os contos que foram dados à estampa durante o ano transato, no Brasil.

Com este ou sem este defeito também é para notar que com raras exceções os nossos contistas procuraram na volúpia a sua musa inspiradora. Nenhum, porém, como Viveiros de Castro no volume que se intitula *Chiquinha Mascote*. O autor deste livro, que é um criminologista distinto e exerce as funções de promotor da justiça pública nesta capital, e que, portanto, tem diante de si o confessionário do júri para praticar psicologia, deu a todos os quadros da vida fluminense, que nos apresentou no seu livro, um tom analítico, familiar aos cultores da escola de Bourget. Não sei, entretanto, por que me veio à ideia que o contato com processos escandalosos devia ter muito concorrido para arrastar o fantasista para muito longe do crítico, pois que Viveiros de Castro se dedica a ambas as especialidades. Pronuncio-me assim por haver verificado que a "Chiquinha Mascote" e os contos que a seguem acham-se na mais profunda divergência com as teorias sobre a arte pregadas no prefácio da obra e também em diversos artigos de crítica científica sobre costumes publicados pelo mesmo autor nas colunas d'*O País*. Não calunio. Leia-se o que está escrito da página VI à XIII, e ver-se-á que Viveiros de Castro, crítico, rebelou-se contra o materialismo formal ou disfarçado deste fim de século.

> É baixa, sem ideal, céptica e pornográfica, diz ele, referindo-se à arte atual. A pretexto de estudar o documento humano, de dissecar um a um todos os fatores componentes de um caráter, ela reduz ao egoísmo e ao interesse, renegando a generosidade e a honra. Depois, é uma exibição revoltante de quadros sensuais, de pernas grossas, de seios torneados, de quadris sacudidos, como se o escritor estivesse sob a ação violenta de cantáridas.

E assim por diante. Não há petulância de Realismo que Viveiros de Castro não tenha apostrofado, lamentando que a poesia, a dileta filha da imaginação, fizesse o seu remígio para mundos ignotos. Horrorizam-se a descrença e o ceticismo de Bourget e o egoísmo e a alma fria de Maupassant. Dirigindo-se à generosa mocidade o autor de *Chiquinha Mascote* pede então a revivescência da fé, o entusiasmo dos verdes anos, as ilusões dos tempos áureos e uma reação profícua contra a onda de lodo que macula o século, simpatia pelos que sofrem e ressurreição do sentimento do amor. E diz tudo isto como quem ainda não houvesse acordado ao ruído do movimento místico, que há bons oito anos começou a agitar o Velho Mundo, fazendo tocar todos os campanários de igrejas e chamando à missa da candura todos os poetas desventurados. De que modo, entretanto, ele exemplificou no livro tão salutar conselho? Naturalmente o leitor vai supor que filiando-se ao Simbolismo francês, ou aderindo ao Neocristianismo de Vogue, ou procurando imitar o alevantado Naturalismo de Ibsen, ou o delicado shakespearianismo de Maetterlink, ou finalmente voltando ao romantismo planturoso do velho Dumas; mas nada disto sucedeu; Viveiros de Castro, ao contrário, precipitou-se através de todas veredas escusas do seu temperamento. Os seus contos trescalam a cada passo a mais capitosa volúpia. Há neles uma preocupação contínua da mulher carnal; e as formas da Vênus moderna constituem o fundo próprio da sua estética. O sexo persegue-o. Cada linha do livro recende ao *odor di femina*. Aí são encontradas as *fausses maigres* que prometem gozos recônditos, as burguesinhas *pommelées* que sabem números equívocos, as nevróticas anêmicas que aguçam os apetites pelos gestos trepidantes, as horizontais, que devoram fortunas na clássica *performance* da ciência refinada. E vê-se que o autor da *Chiquinha Mascote* favorece a todo esse grupo de mulheres sensuais com frases espontâneas e um mundo de simpatias. Os heróis do livro são, portanto, indivíduos, na maior parte, torturados pela febre do deleite, frequentadores de tépidos *boudoirs*, habitantes de confortáveis *garçonnières* em boas casas de pensão, e ociosos sibaritas cuja vida se distribui entre o clássico verão em Paris, as vilegiaturas a Caxambu, os prados de corridas e os camarins de atrizes célebres. Eis o sonho de um destes tipos de que o contista faz cuidadosíssima descrição:

> Eu estava no serralho do grão-sultão da Turquia e tinha às minhas ordens as mais formosas das suas odaliscas. Eram de contentar o mais exigente apreciador; alvas, da cor dos lírios; morenas, da cor das opalas; rosadas como bagos de romã; pálidas como marfim da Normandia: de olhos negros, de olhos garços, de olhos verde-mar, olhos ferinos como a ponta de um estilete, olhos amortecidos como a plácida superfície de um lago, cabelos pretos como a noite sem luar, cabelos castanhos, dourados, como um reflexo de luz solar, ao cair da tarde. Tinham vindo de

> todo o mundo, compradas nos mercados da Geórgia e da Circássia, arrancadas das caravanas da Arábia, ou raptadas das planícies da Pérsia, das margens do Tibre e do Eufrates. A um bater de palmas deixaram cair as camisas e, de mãos enlaçadas, volteavam em uma dança lasciva como as saturnais do templo de Babilônia.
>
> Alucinado, com as artérias a bater sob a fustigação ardente do desejo, precipitei-me entre elas.
>
> Mas, oh! não sei de nojo como conte, eu era apenas um eunuco.

Sempre a lasciva da mulher nua; o sonho da perna grossa e quente; o desejo da "carne que estua fremente"; o *entrain* lúbrico e trêfego dos braços flexuosos das *jolies laides*; e a sedução dos ombros sombreados de uma leve penugem afrodisíaca. Enfim, Viveiros de Castro é um fetichista do amor, que adora as santas das capelas da sensualidade, não tanto por elas como pela encenação e pelos ritos que aí são praticados.

Lembro-me que n'*O País* o autor costumava epigrafar os seus escritos com estas palavras de Eça de Queirós: "Sobre a nudez forte da verdade o manto diáfano da fantasia."

Seria mais razoável que o escritor trocasse o vocábulo *verdade* por *volúpia*; e estaríamos de contas ajustadas.

Outro voluptuoso, mas contido pelo *cant* inglês, é Virgílio Várzea.

Este catarinense, dotado de grande talento descritivo, se bem que ainda não se tenha firmado numa observação profunda do meio nacional, está destinado a ser um dos nossos melhores paisagistas. Apaixonado cultor das letras, ele apresenta um fenômeno curioso. Começar pela preocupação da frase é um mal; pois bem, Virgílio Várzea incorreu neste pecado; e por ter assim procedido, ainda hoje luta para livrar-se da obsessão, que o estilo de um grande mestre exerceu iniciando-o no mundo da arte. É preciso não esquecer o imenso perigo que há em aprender a escrever antes de ter feito abundante provisão de assuntos. O autor que inverter esse processo natural e que deixar para depois o trabalho de registrar dentro de si mesmo as suas ideias e sensações arriscar-se-á a levar para o mundo da realidade um mundo de fórmulas já prontas, as não só envolverão os objetos e os fatos numa atmosfera convencional, mas também, perturbando as faculdades criadoras, tornarão impossível a visão própria e original. Esse fenômeno, aliás muito comum nas literaturas coloniais, operou-se em Virgílio Várzea com a violência amorosa dos discípulos fanáticos, criando-lhe todos os aspectos literários em que até hoje se tem exercido a sua atividade de escritor. Eça de Queirós foi-lhe um bom mestre; tempo virá, porém, em que o discípulo, sentindo-se fatigado dessa influência, porá todo o empenho em libertar-se de tão perturbadora sugestão. Sugestão perturbadora, digo bem, porque só ela explica as incoerências que se encontram no belíssimo e bem burilado conto "*Rose Castle*". É assim que o assunto desse conto pressupõe a existência de uma coisa que absolutamente desconhecíamos, o *crioulismo* inglês no Brasil. Em Calcutá, no Porto, seriam perfeitamente compreensíveis as cenas que constituem o drama de "*Rose Castle*"; dificilmente, porém, se achará quem aceite em Santa Catarina a encenação e as particularidades que circundam o *ménage* Fison. Isto não quer dizer que eu julgue pouco natural que um inglês velho viva numa cidade provinciana à maneira de sua terra; que se alie em casamento a uma menina loureira; e que depois tenha o desprazer de encontrar em um filho o sedutor da esposa. Tal acontecimento podia verificar-se em toda parte, na China, na Austrália, no Egito ou no Brasil. Não se trata disto, mas da maneira por que o assunto foi desenvolvido, isto é, do ambiente anglo-saxônio que o autor de "*Rose Castle*" imaginou num arrabalde da cidade do Desterro e das tonalidades de uma vida crioula inglesa inadmissíveis e com que procurou sobredourá-lo.

Que o meio descrito no conto é convencional não há quem ponha em dúvida. O inglês no Brasil ou isola-se, continuando a viver como vivia em Londres, entre os negócios e o grogue, ou aclima-se e assume uma feição caricata. Ora é evidente que Virgílio Várzea, posto entre o *ménage* inglês puro e essa caricatura de que a comédia se apropriou, não podia ficar muito a seu gosto, porquanto, se esta última feição não se prestava aos seus intuitos, a anterior tornava-se pelo menos inacessível à sua observação.

Assim pois, enamorado do assunto, tendo entrevisto alguns dos personagens que figuram no livro e talvez conhecido algum drama doméstico da natureza do de que se trata, ele não trepidou escrever o conto, e quando menos cuidava, tinha-o feito através das reminiscências da vida impressionista, à inglesa, de que se ressentem todos os romances do autor dos *Maias*. O fenômeno produzir-se-ia fatalmente. Do mesmo modo que os poetas muito sonorosos, seguindo a rima a todo transe, acabam por subordinar a inspiração e a verdade das próprias coisas descritas aos efeitos musicais, assim também, por força das leis do estilo ou do automatismo psíquico, os romancistas que pensam primeiro na composição do meio para depois entrar no íntimo dos seus personagens, são muitas vezes levados a deformar esses personagens sacrificando-os completamente às exigências do ambiente. Não há dúvida de que tudo isto é muito lógico, e nenhum perigo correria o autor se os personagens saíssem desse meio naturalmente, e não fossem aí colocados, à força, como plantas exóticas numa estufa. Mas, ao contrário disso, sendo o meio descrito no romance, um meio livresco, sucedeu que a ética dos personagens, por amor das paisagens e dos interiores, deixou-se sufocar para dar ingresso à fantasia do escritor.

"*Rose Castle*" surge aos olhos do leitor brasileiro como uma cena feérica ou uma mágica representada no Desterro; e sem os nomes ou as designações dos sítios, seria bem possível que se ficasse na ignorância do local onde o drama se passou. Não obstante o cenário é invadido pelo colorido tropical da paisagem, que circunda o palacete do inglês, e o talento do contista nestes momentos, cedendo às influências da terra, espraia-se em pinceladas fortes reveladoras de uma imaginação capaz de arquitetar cenários muito mais verdadeiros e menos exóticos do que os de "*Rose Castle*".

De todos os contistas, que deram arras de sua atividade durante o ano, nenhum se afastou tanto da arguida linha de conduta como Inglês de Sousa.

Nos *Contos Amazônicos* não encontro um só escorço de mulher, que arme a voluptuosidade, nem uma cena em que o autor se mostre preocupado com a pimenta moderna da pornografia.

O autor do *Missionário*, que possui excelentes dotes de narrador, é um naturista e um grande observador. As suas qualidades mais notáveis são o amor da natureza, a perfeita identificação artística com o meio em que se agitam os seus personagens, e a compreensão exata do movimento histórico da região, aonde se desenrolam as cenas dos seus contos. O seu talento impregnou-se de um modo singular da paisagem e da vida amazônica; de sorte que as suas narrações, sem artifícios e muito despretensiosas, desenrolam-se com volubilidade e, encantadora, inspiram ao leitor o mesmo interesse que inspirariam trechos de memórias sobre acontecimentos clássicos da história do Pará. Os costumes nacionais se esboçam com relevo, e o caráter do povo e dos personagens lendários das ribeiras nada deixa a desejar pelo lado estético.

Nos *Contos Amazônicos* a maior parte dos fatos narrados referem-se ao nefasto período da *Cabanagem*, de que Raiol nos deu tão curiosos relatos no seu livro *Motins Políticos*. Como se sabe, o período da história do Pará que decorreu de 1820 até 1835 é talvez um dos mais ricos episódios que se encontram nos anais de nossa terra. As paixões políticas e até as de raça tomaram então um incremento desesperador. O nacionalismo assumiu ali formas imprevistas, e o encontro das raças, na luta entre o português e o tapuia, no momento crítico da formação da nacionalidade brasileira, proporcionou a constituição de tipos extraordinários e pitorescos, que perduram na imaginação do povo. Portugueses e tapuias tiveram os seus heróis, assim como os seus tipos ferozes. Entre eles surgiram também mestiços e figuras intermédias, cujos nomes ainda são hoje lembrados, uns com admiração, outros com pavor. Os vultos de Eduardo Angelim, dos Vinagres, do Cônego Campos, de Malcher, de Jales só esperam que o romancista os fixe numa tela de largas proporções para que se tornem tão suntuosos como os mais celebrados das literaturas estrangeiras. O meio bárbaro, em que esses tipos se formaram, é um dos mais propícios para o desenvolvimento de cenas dramáticas. Basta transportarmo-nos a ele pela leitura dos documentos oficiais para que, inflamada a imaginação, se reproduzam em nossa mente os lineamentos das tragédias primitivas. Foi aí que Inglês de Sousa colocou os seus personagens e do encontro das paixões de homens civilizados com a rudeza dos ignorantes habitadores dos sertões soube tirar efeitos comoventes, sem artifícios, e sem o emprego das *ficelles* da antiga arte romântica.

Em quase todos os seus contos sente-se, quando nada, ao longe, o rugido da *Cabanagem* e a repercussão do sobressalto político na alma de todos os seus interlocutores. Os caracteres, portanto, que no livro são postos em evidência, medem-se pela bitola do "Rebelde", história melancólica de um emigrado pernambucano, que se retirara para o Amazonas em consequência dos sucessos de 1817.

A fisionomia de Paulo da Rocha, um dos soldados do Capitão Domingos José Martins, como se pode ver de uma leitura atenta do livro, foi copiada do natural. O romancista observou-o e recolheu a legenda, que a imaginação popular amazonense criara em torno deste personagem misterioso, o qual, por ser um vencido e proscrito, vivia retirado do mundo e, portanto, se constituíra o cabide em que o povo circunvizinho se aprazia em pendurar tudo quanto lhe vinha à fantasia. Nas regiões do extremo norte não são raros indivíduos como estes; e quase sempre em torno deles se passa um fenômeno que a mitografia já explicou. Esses indivíduos atraem a mentira e tornam-se centros de verdadeiras criações, a que muitas vezes permanecem completamente estranhos. A sua tristeza e o seu recolhimento bastam como ponto de partida; o resto fica por conta da inventiva maligna do vulgacho. E então dá-se o que eu chamarei um crime estético inconsciente: o povo, procurando expurgar-se dos crimes que são seus, colhendo todas as maldades que constituem a atmosfera moral da região, atribui tudo ao pobre e inofensivo esquisitão que teve a infelicidade de reunir em si a feição e os gestos de bode expiatório do lugar. O Paulo da Rocha do conto é um destes tipos. Experimentado pelas contingências da vida e ainda mais virilizado pelas torturas de uma revolução, deixara que a bondade baixasse sobre sua alma; e a resignação depois ensinara-lhe a viver sossegado, fora do movimento das cidades: esta sua higiene moral, porém, não fora bastante para premuni-lo da agressão do espírito onzeneiro do povo, que não podia enxergar nesse velho senão uma consciência repleta de remorsos por assassinatos, e um representante legítimo do gênio do Mal, que no vale do Amazonas gerara todos os malefícios da *Cabanagem*. Semelhante ao *murucututu*, que de cima dos telhados fazia medo às crianças, o velho Paulo da Rocha aparece nessa pequena história como o terror das gentes. Entretanto, esse velho mulato, que aprendera praticamente direito público em 1817, na revolta de Pernambuco, e que sabia o que significava uma guerra civil, tendo já lhe experimentado às traições e os perigos; esse velho mulato, quando a tapuiada começou a devastar o vale do Amazonas, não foi cabano, nem foi partidário dos marinheiros, porque tivera tempo de penetrar no segredo da perversidade que agitava a uns e outros, de revestir-se de coragem para esperar o embate das duas ondas perigosas e assistir ao dilaceramento das suas mais caras afeições. Inspirando-se nesta situação psíquica e naturalísssima, Inglês de Sousa desenrolou no pequeno conto um drama comovente que é um primor.

Outras cenas não menos violentas se topam no volume de lendas, mais ou menos inspiradas pelo mesmo sentimento. "A Quadrilha de José Patacho", por exemplo, que se baseia em um episódio histórico, muito conhecido de todo paraense, põe em relevo um tipo desconhecido no romance brasileiro, – o pirata d'água doce. Muitos julgarão que o fato narrado tragicamente naquele conto seja imaginário. Pois é certo que no Pará houve um pirata que praticou por sua conta nas águas do grande rio horrores iguais aos que os cronistas narram dos argelinos ou dos antigos flibusteiros das Antilhas. José Patacho existiu e os fatos de perversidade que os documentos históricos lhe atribuem seriam suficientes para criar-lhe no romance uma fama superior aos bandidos do mar descritos por Fenimore Cooper e Eugène Sue.

Com o livro do autor do *Missionário* podia quase dar por encerrada a revista dos contos de 1893.

SÉRIE ESSENCIAL

001 Oswaldo Cruz, *Moacyr Scliar*
002 Antônio Houaiss, *Afonso Arinos, filho | 1.ª ed., ABL, esgotado.*
003 Peregrino Júnior, *Arnaldo Niskier*
004 João do Rio, *Lêdo Ivo*
005 Gustavo Barroso, *Elvia Bezerra*
006 Rodolfo Garcia, *Maria Celeste Garcia*
007 Pedro Rabelo, *Ubiratan Machado*
008 Afonso Arinos de Melo Franco, *Afonso Arinos, filho*
009 Laurindo Rabelo, *Fábio Frohwein de Salles Moniz*
010 Artur Azevedo, *Sábato Magaldi*
011 Afonso Arinos, *Afonso Arinos, filho*
012 Cyro dos Anjos, *Sábato Magaldi*
013 Euclides da Cunha, *José Maurício Gomes de Almeida*
014 Alfredo Pujol, *Fabio de Sousa Coutinho*
015 João Cabral de Melo Neto, *Ivan Junqueira*
016 Ribeiro Couto, *Elvia Bezerra*
017 José do Patrocínio, *Cecilia Costa Junqueira*
018 Bernardo Élis, *Gilberto Mendonça Teles*
019 Teixeira de Melo, *Ubiratan Machado*
020 Humberto de Campos, *Benicio Medeiros*
021 Gonçalves Dias, *Ferreira Gullar*
022 Raimundo Correia, *Augusto Sérgio Bastos*
023 Rachel de Queiroz, *José Murilo de Carvalho*
024 Alberto de Oliveira, *Sânzio de Azevedo*
025 Álvares de Azevedo, *Marlene de Castro Correia*
026 Alberto de Faria, *Ida Vicenzia*
027 Machado de Assis, *Alfredo Bosi*

028 Álvaro Moreyra, *Mario Moreyra*
029 Austregésilo de Athayde, *Laura Sandroni*
030 Antônio José da Silva, *Paulo Roberto Pereira*
031 Afrânio Coutinho, *Eduardo Coutinho*
032 Sergio Corrêa da Costa, *Edla van Steen*
033 Josué Montello, *Cláudio Murilo Leal*
034 Mário Cochrane de Alencar, *Flávia Amparo*
035 Alcântara Machado, *Marco Santarrita*
036 Domício da Gama, *Ronaldo Costa Fernandes*
037 Gregório de Matos, *Adriano Espínola*
038 Magalhães de Azeredo, *Haron Jacob Gamal*
039 Visconde de Taunay, *Mary del Priore*
040 Graça Aranha, *Miguel Sanches Neto*
041 Luiz Edmundo, *Maria Inez Turazzi*
042 Coelho Neto, *Ubiratan Machado*
043 Lafayette Rodrigues Pereira, *Fabio de Sousa Coutinho*
044 Júlio Ribeiro, *Gilberto Araújo*
045 Castro Alves, *Alexei Bueno*
046 Vianna Moog, *Luis Augusto Fischer*
047 Augusto de Lima, *Paulo Franchetti*
048 Celso Cunha, *Cilene da Cunha Pereira*
049 Antonio Callado, *Ana Arruda Callado*
050 Goulart de Andrade, *Sânzio de Azevedo*
051 Araripe Júnior, *Luiz Roberto Cairo*